씹어야 제맛

시작시인선 0397 씹어야 제맛

1판 1쇄 펴낸날 2021년 11월 15일
지은이 이상남
펴낸이 이재무
책임편집 박은정
편집디자인 민성돈, 장덕진
펴낸곳 (주)천년의시작
등록번호 제301-2012-033호
등록일자 2006년 1월 10일
주소 (03132) 서울시 종로구 삼일대로32길 36 운현신화타워 502호
전화 02-723-8668
팩스 02-723-8630
홈페이지 www.poempoem.com
이메일 poemsijak@hanmail.net

ISBN 978-89-6021-594-8 04810
 978-89-6021-069-1 04810(세트)

값 10,000원

*이 책은 평택시문화재단 [2021년 창작 문화예술활동 지원사업]의 지원을 받아 발간되
 었습니다.
*이 책은 2021년 평택문인협회 창작지원금 일부를 받아 제작하였습니다.

씹어야 제맛

이상남

천년의
시 작

시인의 말

툭 툭,
터져 나오는 바람의 씨알들

꿈틀거리며
서서히 부풀어 오르다

아찔한 현기증으로
또다시 와르르

흩어지는 나를 거두어
시집으로 묶습니다

시가 되어 준 당신에게 감사합니다

2021년 11월
이상남

차 례

시인의 말

제1부

목련

늦은 밤,
현관 옆 목련이 수제비를 뜬다

바람을 안고 덤벙덤벙 혼자서 수제비를 뜬다
한 잎 한 잎씩 얇게 빚어낸
하얗게 질린 꽃잎이
아래로, 아래로 뚝 뚝 떨어진다
맑은 장국이 펄펄 끓어오르면
뜨기 시작하는 어머니의 수제비엔
애호박, 감자가 달빛처럼 아슴아슴 떠 있어
비 오는 장날 아버지 기다리다
지친 어머니
별처럼 흩어져 놀던 새끼들 다 불러들이고
수제비를 뜬다
한 상에 오글거리며 앉아
껴안은 대접마다 푸지게 담아
큰 입 작은 입 속으로 연거푸 기울던 꽃잎

밤이 새도록 목련 혼자
오소소 돋아날 그것들 먹이느라
제 살 꽃잎을 떨군다

포항 촌 파리

어머니 뵈러 들른 시골 마당에서
파리 한 마리 내 차에 동승했다
쉬지 않고 윙윙거리니
두고 온 어머니 쓸쓸한 모습조차
잠시 잊었다

식구 떠나 먼 길 오니
그 맘 편치 않아 떠드는 소린 줄 알면서도
거참,
그것도 인연이라고
마음 뿌리가 짠해진다

그 옛날,
자취방까지 품고 왔던
어머니 내음 이기지 못하고
벽에 기대 펑펑 울고 말았던
어린 내가 울컥거려
속리산 휴게소까지 와서야 합의를 보았다

차 문 열어 주니

어느 세상 언저린 줄도 모르고
인파 속으로 날아가는 포항 촌 파리
어차피 버텨야 할 생이니
오가며 흘리는 인심에 파묻혀
너도 한번 잘 살아 보아라

거머리

온몸이 꿈틀거렸다

물은 달라붙지 않았다 그래서 가만히 들여다보았다
꼬리에 꼬리를 무는

허연 다리가 뻗쳐 있는 흐르는 물로 인해

점점 자라난 악몽이 빨판을 박으려 할 때마다
조금씩 다리가 움찔거렸다
그럴수록 더 달라붙었다

너무 많은 빨판이
물의 꼬리가

우수수 흩날리는 벚꽃 잎에 어른거리던 눈물이 깨졌다
'가능성이 희박합니다' 의사의 말이 독하게 달라붙었다
머리카락이 가려도 핏빛은 사라지지 않아

집착은 끝까지 미끄덩거려

\>

잡아당길수록 사연은 쭉쭉 늘어났다
흐르는 물은 시선처럼 매몰차
꽃은 스멀거리다가 아주 천천히 가라앉았다

기어이, 빨판을 양껏 벌리고
다시 기어오르는
바람 소리 꽃잎 컴컴한 골목 끝의 뒷모습 빈 골목 다시 어
둠 거머리 따위

병원에 두고 올 수 없는 현실이 우글거린다

풀 죽은 신발

차가운 새벽,
기차 바닥에 앉아 잠을 청하는 남자
풀 죽은 신발 한 컬레 나란히 벗어 놓았다

코뚜레보다 질긴 밥줄
구두끈 잠시 느슨해지는 시간인가,
무거운 머리 더 이상 버티지 못하고 자꾸 무너져 내린다
삐뚜름하게 닳은 구두 굽처럼
아버지의 자존심도 말없이 닳았겠구나

비릿한 시간 들락거리며 물어 나른 몇 푼 대가로
오월 가족 여행을 간 적이 있다
봄볕에 들떠 환하게 드러났던
굽이 닳아 틀어진 아버지의 구두
돌아가시던 병원 입원실 그 허술한 바닥에
못다 뱉은 유언처럼 남겨져 있었다

차가운 바닥으로 내몰렸어도
밤마다 비탈진 보금자리 찾아들어
여리고 노란 주둥이마다 희망 한 숟갈씩 퍼 먹이곤

꿍~ 하며 새벽 기차 바닥으로 올라앉았겠다

기차가 쿨럭거릴 때마다 가는 목 맥없이 덜렁거린다
어느 꿈속 역류하는지 눈 밑 움찔거리며
좌석도 없이 쪽잠에 의지해 온 내 아비처럼

풀 죽은 신발 한 켤레 한뎃잠 자고 있다

대반리 함바식당

무심코 들른 그곳에서 아버지를 만났다

엉겨 붙은 턱수염
허옇게 풀 죽은 머리카락
흙 묻은 바지에서는 할아버지 골방 같은 시큼한 막걸리
냄새가 났다
아욱국을 퍼 올릴 때마다 추억처럼 열어젖히는 아랫입술
덜거덕 틀니 소리가 나도 개의치 않았다
연달아 퍼렇게 질려 온몸으로 토해 놓는 기침
사는 게 다 헛것이라면서
헛짓하지 말라 잔소리 쏟아 내시더니
여전히 고단한 흔적,
시멘트 가루 덕지덕지 달라붙은 옷소매 사이로
묵은 담배 냄새 울컥거린다

개망초 하얗게 뒤덮은 둑방 길 지나
우르르 배를 채우고 밀려 나가는 인부들 틈에서
아버지 떠나지 않는다
접시 가득 담은 찬거리 다 씹어 삼킬 때까지
물잔 속에서도 한참을 어른거린다

서쪽으로 흐른다

칠장사 십일월 감나무 한 가지 끝
육 남매 올망졸망 매달려 있다
남매들 틈에 끼어 해바라기하느라
눈에 띄게 크지도 못하고
있는 듯 없는 듯 섞여 크느라 붉어진 눈시울
양보도 미덕이라며
까치집 들여놓고 장난질하다
집 나간 까치야 오든 말든
햇살 짓궂게
숨바꼭질을 하든 말든
아침부터 목탁 소리에 맞춰
까르르르, 까르르르,

햇살도 가을도
서쪽으로 흐른다

티눈

발바닥도 밭이 되나요
어둠 속에서
밤에만 돋아나는 잡초
바람이 불 때마다 호흡이 빨라지며

또, 김매기를 시작하나 봐요
연장을 들고 돌아앉은 어머니
햇살이 공간을 타고 내려오기 전부터
가는 팔이 부스럭거리기 시작했어요

밤마다 이슬에 젖으며 돋았을
어머니의 티눈, 뿌리 깊이를 알 수가 없어
까맣게 얼룩진 콩알만 한 이파리
발바닥 곳곳이 묵정밭이 되었어요

각질로 쪼개어지는 시간들
움찔거릴 때마다 사방으로 튀어요
웅얼거리는 말
아픔이 일군 밭을 그냥 버릴 수는 없다고

>
이랑 너머, 아침 안개는
자꾸 구름 위로 올라가는 사다리를 놓아요
이파리에 뿌리를 포개어 급하게 덮어 둔
그것의 표정이 궁금해요

공간이 시간을 건널 수도 있나요
쌀알만 하게 자란 잡초가 다치지 않게
이랑만 후벼 파고 있어요
어머니가 두고 간 묵정밭 버릴 수가 없어서

초분*

곰삭은 달빛을 먹고 허연 백골이 살아난다

노을이 엮어 간 살점
짚풀 사이 새싹으로 돋아나
급할 것 하나 없는 청산도의 심장인 듯
달빛에 펄럭펄럭 춤사위로 꿈틀거린다

기다림이 무거워 서서히 굳어져 갈
나무관 혈관을 타고 철썩거리는 눈물
몇 번이고 녹인 눈, 허무한 꿈이 싫어
팔월 뙤약볕에도 이글거리던 춤판이었다

서쪽으로 꺾어진 생솔 모가지에
연거푸 스치는 애틋한 저 손길
서편제 가락으로 쓸어내리다
한껏 부풀어 다시 한 번 얼~쑤

초분,
달빛을 불러 춤판이다

가락에 어려 굿판이다

* 초분: 전라남도에 있는 '청산도'라는 섬에는 이엉과 용마름 등으로
  초가 형태의 임시 무덤을 만들어 죽은 이를 모시는 장례 방법인 '초
  분'이 남아 있다.

언젠가 사라질 것들

번지점프를 하기 직전
그 아슬아슬한 불안을 기억한다
핏대를 올리며 외치던 이름
바람벽 휘감고 다시 치솟아
비명으로 고꾸라지는 찰나의 역류

뒷목을 끌어당기는 노을의 악력을 거절하지 못해
허공에서 거푸 마시는 자유로운 낙하
그 꼬리뼈 서늘해지도록 활기찬 모근들의 술렁거림

비 오는 자유로
창문을 열고 치달았던 140킬로미터의 과속은
기준 속도를 지키지 못한 내 사랑에 대한 징벌이 아니라
매일매일
익숙해지는
내 사랑의 자전이 두려웠기 때문이지

기억의 질척한 늪에서 기생하는 조각들
남극 탐험 아문센이 만든 캠프의 이름, 히틀러 아리아인
의 구분 근거, 영화 대부 시칠리아섬 그 바람 부는 언덕의

청보리 파도, 알파치노 살인 직전 그 눈의 떨림, 그리고 폐
부에 공기처럼 들락거리는 내 사랑과 모든 이웃한 것들……

　매일 토하고
　매일 곱씹어 보는
　눈에 밟히고 귓속에서 서걱거리는 첫사랑 낙엽 소리까지
　아버지 돌아가시던 순간 스르르 풀리시던 그 동공의 탄
력과 같이

　언젠가 사라질 것들

닭발

벌겋게 양념이 된 발이 화덕을 밟고 있다

거추장스런 몸뚱이 뚝 떼어 내고 앞뒤 철망 석쇠에 갇힌 채
지글지글 눈물을 토하며 잃어버린 발톱 허공을 할퀸다

날카롭게 쪼아대는 매캐한 연기 속
닭발의 삶을 뒤집는 할머니
뜨거운 화기에 검버섯이 부풀어 유언처럼 오그라드는 살
덩이
시커먼 딱지 꽃을 피운다

익어 갈수록 툭툭 불거지는 발목을 뚫고 나온 뼈다귀
가시밭 뒤지다 찢긴 상처까지 불태우는 닭발 스러지는 냄새
그 끝이 쓰라려

화르르, 타오르는 불길 어찌하지 못하고
몸부림치는 연기 속
울컥, 울컥 서러움 쏟아지는 시간

살과 뼈 발라져 떨어지는

통증,

뿌옇게 뿜어낸다

틈

선을 넘지 못하는 팽팽한 순간,

웃을 듯 말 듯 나풀거리는 단풍잎 사이로 올려다본 하늘
바람 한 가닥 훅, 틈을 비틀자
까르르 쏟아지는 이파리들의 웃음이다

팽팽하다는 건 빈틈이 없다는 것
너가 내 안에 들어오길 갈망하던 때

북촌 언덕길 오르다 말고
담쟁이 빨간 입술 현을 튕기듯 손 마이크로 불러 주던 가을
그 허술한 틈에서 관계가 자라 어색한 틈을 메우고
뜨겁게 익은 설렘과 기대가 무성하게 자라, 노을은 더 달
아오르고

틈을 보인다는 건 손을 내미는 순간이다

바스락거리다 살짝 보이는 틈에서도
햇살 와르르 쏟아진다

\>

너는 이미 알고 있었나 보다

바람 흔들릴 때마다 조금씩 더 열리는
팽팽해질 때마다 그만큼 다시 닫히는
아슬아슬한 긴장, 그 틈으로

사랑은 시작된다는 것을

다산 초당에서

동암에 걸터앉아 뻗은 하늘 올려 본다
다산인 양 갇혔다 흩어지는 구름 떼들
아픈 사연 비수 되어 직각으로 쏟아지고

석가산 낮은 둔덕 내려앉은 묵은 이끼
약천 맑은 물로 우려내는 떡차 한 잔
오래고 두고두고 울림으로 남을 향

과객은 객인 채로 돌아들 갔나 보다
남겨져 십수 년을 켜켜이 엮은 침묵이
낱장마다 풀어져 오백 권을 넘겼다니

백련사

팔월 찌는 더위 거슬러 올라와서
숨차게 내려다본 통유리 속 강진 바다
배롱나무 붉은 꽃잎 품은 듯 펼쳐 보니

맑은 물 서리서리 우러나온 이 외로움
틈틈이 바람에 실어 흩뿌렸나 하였더니
우전의 다향인 듯 떨어져 눕는 동백 열매

그날, 울 아부지는

백목련 자목련 참, 이쁘제?

아침나절 까치가 건네는 말소리에도 봄은 피어나
한나절 내내
내 청춘, 네 청춘 흥얼거리시다
공사장에서 꺾여버린
창우 삼촌 청춘에 걸려
목울대 뻐근해지자
햇살 그림자 새참 삼아
쑥전 몇 장 부치고
막걸리 걸걸하게 섞어서
장터 가는 기우 아재 불러다가 한잔 푸지게 마셨지요
바람도 거나하게 취했는지
너풀대는 구름 장단에 맞춰
한 곡조 또 뽑았지요

날 좀 보소 ♬날 좀 보소 ♬

날♪ 좀♪ 보♪ 소 ♫ ♪

\>

동지섣달 꽃 본 듯이 ♫ ♪

날♪ 좀♪ 보 ♪소 ♫ ♪

백목련 자목련 하얗게 질리도록
동지섣달은 왜 또 그렇게 불러 젖히는지
노을이 들뜨도록
노랫가락은 왜 그리도 휘청거렸는지
이제야 희미하게 알 것 같은

울 아부지 속내다

무작정[*]

아기단풍,
손바닥마다 빗물을 말아 쥐고
말간 햇살 돋아나길 바람에 빌고 있다
새소리 등에 업고
무작정,
난간으로 휘어지는 실비
담쟁이 이파리 더 붉어질까
수련 아래로,
아래로
무작정 떨어지는
개구리 소리 낭창,
낭-창하다

* 무작정: 양산 통도사 절에 있는 정자 이름.

제2부

고흐의 해바라기
—유언

꽃병의 정수리에서 입이 자란다

해는 늘 울음의 봉우리에 맺혀 있어

집이 갖고 싶어

꽃의 집

귀를 대 봐

어때,

아를의 밤별이 희부옇게 벨벳을 깔았지

이제, 들리는가

저,

숨소리

타종

툭 툭 바람의 씨알들 터져 나온다
이건,
때죽나무 하얀 꽃에서 나는 향기였던가
한 무리 들어서자
한 무리가 마당 밖으로 밀려 나간다
젖은 하늘을 이고
종을 기웃거리는 사람들
뒤뜰로 우적우적 발자국 씹히는 소리
몸돌, 지붕돌
제각각 헤쳐 모인 원래는 한 몸이었던 돌들 보인다
삼 층이었다 오 층이었다 애써 구분하는 해설가의 말은
흩어진 역사의 증언처럼 웅성거리기만 할 뿐
벽을 끼고 나란히 기대선 불상들의 몸에선
뚝 뚝 떨어지는 침묵
하나같이 눈, 코, 입을 잃어버린 몸
우웅~
한 방향으로 기우는 오후가 외줄 타기를 한다
귀퉁이가 잡힌 채 길게 한 번씩 꿀렁거리며
접혔다 풀리는 울음의 올
가락마다 풀어 헤치는 속 깊은 결 사이로

연거푸 새 얼굴 다가서고 밀려가고
쪼그려 앉고 멀어지는 그림자들
천천히 무채색의 리듬이 번진다
지워져 가는 계림의 경계선 너머로
새 울음 잦아들길 기다리는
잘린 불두의 독송처럼
거듭 재생되는
저 빗소리
에밀레종 소리

이태원으로 간 달마도

오전 열한 시

구로디지털단지역 골목 안 결혼식엔 주례가 없고 잇몸을 드러낸 신부만 있다 월급봉투를 헌납하겠다는 신랑은 만세 삼창을 부른다 어머니는 눈물을 보이고 아버지는 볼에 아들의 입맞춤을 허락하지 않았다 스테이크가 썰리고 지벨리 웨딩 홀은 행운권 추첨 중 함께 외치는 만세 삼창이 천장을 뚫자 커피 향에 지쳐 스테이크가 밀려났다 이미 후식은 애피타이저를 잊은 시간, 집으로 돌아가는 전세 버스는 연거푸 하품만 하겠다.

오후 세 시

길상사를 오르는 03번 마을버스는 달리고 성북동 높은 담장 위 정원을 올려다본다 주눅 든 등 가방 위로 극락전 낙엽이 우수수 쏟아진다 흙바닥만 쪼아대던 한성대입구역 비둘기, 어제처럼 수북하게 쌓여 있는 시주 쌀에 더하여 국화꽃 봉헌은 화려하고 입시 기도는 또 도돌이표를 찍는다 여전히 법정 스님은 멀리 계시고 길상화 보살의 오후 두 시가 사진으로 찍힐 때 달마도 선물은 불티나게 나눠진다 행운이 걸

고 또 떠나는 시간

저녁 여섯 시

녹사평역에서 만보기는 목표 달성을 알리고 경리단길 조
명마다 띄우는 낯선 얼굴들 어둠을 파고 붉은 등이 켜진다
뜨거운 연인들 걸음이 빨라지자 달콤한 카푸치노를 이기지
못하는 호흡 카페 윈터드림엔 겨울이 없고 봄만 있어 봄은
삼켰다 씹었다 되새김질되는 향에 취한 카페인만으로도 충
분해 연인의 가슴이 뜨거웠다는 기억을 남겨 두어야 할 시
간 좁은 골목길 올라 언덕을 넘어 이중생활에 든다 여기는
이태원 유통기한이 지나 버린 청첩장 식기 시작한 커피 한
잔 여전히 달마도는 묵언수행 중

거리 두기

가까워진다는 건 치명적인 일이야

스며들거나 뒤엉키는,
스쳐 지나거나 마주치는 공간은 버리고
사람을 피해야 무균상태를 유지할 수 있는데

테이크아웃 아메리카노를 받쳐 들고 125번 확진자의 동
선을 떠올리며 '천년의 숲' 솔바람 길로 들어선다

사람이 보이지 않으니 산기슭부터가 자유로운 거리 목
울대 꿀렁꿀렁 열어젖히며 흘려보내는 계곡의 물소리 졸졸
졸 줄 줄 줄 물 타래 풀어 헤치듯 가까이 점점 더 가까이 섞
이고 있다

섞이고 섞여 물 흐르듯 통복시장 만둣집이 문을 열고 아
줌마 칼국숫집 빈자리가 채워지고 PC방 선희가 아르바이트
를 다시 시작할 수만 있다면

입을 연다는 건 치명적인 일이야

>
비말의 거리를 재지 않고
마구잡이로 뱉어 내는 말들에 치여
자가격리자가 되거나 확진자가 된다

마늘 바게트 꾹꾹 씹어 삼키며 솔숲 임도를 따라 오르다
사람을 보고도 도망치지 않는 청설모를 만난다 바람 툭툭
쳐대는 장난질에 후드득 솔잎 떨어뜨리며 호흡을 주고받는
숲속에선 지켜야 할 2.5단계 거리가 없다

멀어진다는 건 치명적인 일이야

인근 주민

통유리가 환하게 밝혀진 곳이면 어때

얼굴이 벌게도

딱히 문제될 건 없어

시래기 라면을 주문하고

처음인 양 소주를 연거푸 주문하고

치킨 한 마리 불판 위에 올리고

생맥주 한 잔 거품을 들이켜며

맨얼굴로 만나도 훈훈한

더 가까이할 까닭도

굳이 멀어질 이유도 없는

\>

삼십 년 지기 친구 같은,

내가 사는 동네

둘레둘레 제집에 사는 사람들

인근 주민

우리다

백토의 낯빛에 숨겨 둔 그것

길게 한 번 뿜어 보는 호흡으로

등골 마디마디를 풀어 헤친다

숨길 수 없어 점점 더 선명해지는 색깔

불의 채찍과 바람의 기도가 만나

말이 없어 더 다소곳하게 피어나는 물의 꽃

쩍쩍 갈라진 가슴팍 위로 꽃잎 뚝 뚝 떨어진다

서서히 음미하다 마침내,

너와 나 하나로 충혈되고 말

>

차를 우린다

나를 우린다

골든타임

무의식의 순간은 간혹 절체절명의 환각이 된다

종전을 선언한 당신과
끝을 인정하고 싶지 않은 내가 만난 접전의 순간, 사이
렌이 울리고
어지럽게 돌아가는 묵음의 시간
째깍째깍 째깍째깍

다급하게 스친다
코끝을 자극하는 향기
내가 당신의 사랑을 확신하는 순간
향기는 불빛의 꽃이었군요
째깍째깍 째깍째깍

숨이 막혀요
압박으로 튕겨져 오르는 다급한 시간
풀무질이 반복되는 횟수는 제한이 있어
째깍째깍 째깍째깍

경적 소리가 커졌어요

8차선 도로에 갇혀 버린 의식, 전기충격이 필요해요
전압을 더,
더,
더……
의식은 불빛의 꽃이었나요
흐드러지게 피어오른 봉분들이 불러들인
벼랑 끝으로 내몰린 심장

최북의 눈

수직으로 떨어지는 폭포를 구석에 두고
훤하게 비워 둔 한복판을 보고 있다
불쑥거리며 솟아오르는 고집은
벼랑 끝
호방하게 떨어지는 시선의 끝에서
한 송이 국화 꽃잎으로 나부낀다

먹물 먹은 손가락
퍼런 정맥을 타고 꿈틀거리다
웅성거리는 전율이 되고
말 없는 새벽 운무가 되고
남이 손을 대기 전
내 몸, 내가 먼저 손을 대겠다
송곳에 찔려 화끈거리는 자존심은
고통을 파먹으며 또 한 폭의 지두화指頭畵로 피어난다

시대가 싫어
계급도 편견도 없는 산수에 풍덩, 뛰어든
걸인의 껍데기를 쓴 호생관毫生館
폭설이 내리고 길을 지워 버린

술과 바꾼 그림, 잔설에 덮여
소리 없는 폭포로 펄럭이다
떠도는 구름으로 얼어붙은 채

기암괴석으로 꼿꼿하게 앉았거나
황소 등을 타고 아슬아슬하게 흔들리거나
울퉁불퉁한 고집으로 툭툭 불거지거나
산자락 기어오르는 선으로 퍼덕이다
끝내 피범벅이 된 그의 눈,
먹물에 덮여 풍장 중이다
그림 속에서

메뚜기

메뚜기 지천인 가을을 볶느라
벌겋게 불 지핀 산천이 화끈거려
서늘한 하늘에서 비 뿌리나 보다

그 비로 살찐 가을 몫이 그리 두려워서
한밤중 불 밝히고 메뚜기 잡아대나
보름달 부른 적막 서릿발 뿌릴 텐데

가을비 당찬 기도에 매달린 열매
불볕에 들볶이던 한 생이 담겨 있어
꽉 한 번 깨물면 툭, 터질 쓰디쓴 생

로즈메리

사알짝 건드리면 자지러지는 아우성
스치듯 바람 인다 전율이 일어선다
처음에 눈을 맞췄던 그날 그 빛깔처럼

말없이 서 있어도 점점이 스며들다
속 태운 기다림이 쩌릿쩌릿 와 박힌다
처음 사랑을 나눴던 그날 그 향기처럼

회오리바

베베,
꼬인 속살이 궁금하다면
혀부터 내밀어 봐요
베베,

꼬인 본성이 살살 녹아내리지
흐르는 무지개처럼
꿈틀거리는 꼴
베베,

꼬인 눈은 살짝 감아 보아요
경직된 성질이 사르르 풀어지지
어지러운 마블링처럼
베베,

꼬인 몸은 혀끝에 맡기고
흐느적거리는 나비잠
아슴아슴 감기는 감동으로
베베,

>
처음 느낌은
아찔한 현기증으로
서서히 차가워지다 다시 뜨거워지는
베베,

꼬인 나와
당신의
아찔한 숨바꼭질
베베

그네 타기

뜬~다뜬~다

가라앉는다 가라앉는다

개나리가 보인다 치마가 짧아졌다

뜬~다 가라앉는다

뜬 ~ 다 가라앉는다

왕벚, 버들이 보인다

노 ~란, 애들이 보인다

방방, 뜬다뜬다뜬다

뜬다 뜬다 뜬다

청매화 민들레 노랑분홍볼 빨 ~ 간새싹이

\>

홍매화가제비꽃이빨강이초록이사춘기가

봄바람이

뜬 다
가
라
앉
는
다

시차

질문을 던지고 기다리는 시간은 늘 예상 밖으로 빗나간다

내가 오른손을 들면 너는 왼손을 들고
반대쪽 눈을 깜박이지
옆집에서 들리는 소음처럼
나는 출근을 하고
사진 속,
환하게 웃던 너를 기억해
각자의 시차는 경계선 너머에 있으므로
침묵의 시간은 점점 더 길어질 수밖에

내가 울타리 덩굴장미를 장식하는 날에도
시시포스의 신화를 열강하던 날에도
너는 방 안에 있었고
텅 빈 골목만 떠돌았지
숱한 질문들이 메아리가 되어
길을 잃은 그날처럼
쿵쿵거리는 너의 발소리가 더 이상 들리지 않아
리본을 매고 머리 손질을 하면서도
이제 의식하지 않기로 한다

환하게 보이는 저 미로 속 어른거리는 그림자처럼
숨바꼭질하는 하루하루가
밀고 당기며
또다시
덜컥거린다

덫

물이 비치는 카페,
칵테일을 주문합니다

거미의 둔부가 일렁거릴 때마다
불빛은 더 화사하게,
칵테일 진토닉 인상을 씁니다

바람의 가슴에 무늬를 내는 일
쉽지 않은지
촘촘해질수록 빨라지는 호흡

점점 뜨거워지는 칵테일
서서히 도드라지는 실루엣
이제 음악조차 들리지 않습니다

순간을 노리는 간절한 기다림은
입술이 마르는 갈증

긴 머리카락이 방향을 틀 때마다
흔들리는 시선

이미 침샘은 충분히 젖어 있어

허공에 지은 집
단 한 번의 출렁거림
바람의 끝, 매달리는 심장

제3부

맛조개

가슴팍 답답해서 숨구멍 뚫어 놓고
달 뜨면 달빛 불러 펄 내음 토해 봐도
눈 뜨면 짜디짠 세상 그날 같은 그 자리

선술집 들락날락 남 얘기로 쥐락펴락
떠들고 까불어 봐야 달라질 것 하나 없는
맨발에 단내 풍기는 세상 사는 이야기

알아도 모르는 척 쳇바퀴 돌려대며
호탕하게 빈 웃음 크게도 웃어 보는
저 뻘밭 들락거리는 숨소리가 진짜 꽃

수의 짓는 여자

안방을 독차지한 **뻣뻣한** 삼베가 여자를 쥐고 흔든다

잘려 널브러진 망자의 주검에 하루치 일당을 걸고
한 땀 한 땀 시간을 꿰맨다

걷다 멈춘 황당한 죽음 앞에 겸손하지 않을 이 있을까
꿇은 무릎에선 단내가 났다

술에 절어 허옇게 질린 남편의 발바닥을 접어
엄지와 검지로 정갈하게 찍어 누른다
툭툭 불거지는 손가락 마디가 화끈거린다

정오를 뚫고 햇살이 방바닥을 쑤시기 시작했다
욱신거리는 팔다리 눈두덩
도포 두루마기 겹저고리 속저고리
오후까지 이어지는 겹바지 속바지 베개 베개 피
바느질 구멍마다 기억이 와 박힌다
휘어이,
통증을 쫓아내듯 멱목 손질에선 진저리를 쳐 본다

>
덜컥,
철창문이 열리고
비수처럼 달려들던 의존중 환자들의 초점 잃은 눈동자까지
부라더 미싱으로 촘촘하게 박는다

퉁퉁 부은 얼굴 싸개 손 싸개 행전 버선 복건 오낭
도포 끈 허리띠 대님 턱받이 그리고 천금 지요 장매
부품해지는 살아온 만큼의 부피

후유,
쉽게 죽지 못하는 여자가 백 번도 더 죽은 여자를 위해
창밖 컴컴해지도록 수의를 짓는다

ㅂㅐㅁ

'뱀' 글자에서는 뱀이 우글거린다

독이 오른 송곳니를 틀어 만 똬리
ㅂ의
꽉 다문 꿈틀거림까지

대나무 이파리가 연거푸 흔들리자
ㅐ가 움직이기 시작했다
ㅁ 속 가득 머금은 독,
아무도 눈치채지 못했다

숨죽여 기어야 사는
각진 틀에 갇혀 거품을 게워 내는 시간
계곡도 없는 동산에서도 연거푸 허물을 벗어야만 한다
빌딩 숲 가로질러,
남향 햇살이 난무하는 거리 사무실 어디든 아무나 우글
거리는……,

'이곳은 뱀이 출몰하는 지역입니다.'

\>

젖은 겨드랑이 서늘하게 치고 가는 바람, 바람 바람을 타고
문득,
꽃사과 향 자지러지는 소리
와, 와 뿜어져 나오는
독毒의 비명들

꿈틀거리며
뱀 한 마리 산으로 걸어간다

해삼

퉁퉁 부은 얼굴로
어시장 좌판에 웅크리고 앉아
소주를 부르는 해삼의 낯빛을 본다

거무튀튀한 입술로
울컥거리는 비릿한 바다 내음

푸르뎅뎅한 슬픔 끌어안고
절텃골 모퉁이 돌아 오라버니 홀로 걸어갔다
오월 진달래 지천이라는 무덤골로

한때, 세상 바닥 청소하며
훨훨 날았을 기개 다 접어 두고
꾹꾹 씹어 삼켜질 저 해삼처럼 덤덤하게

쯧쯧,
술이 웬수데이
한껏 부풀어 오르던 뱃구레의 체념

살다 맞은 절망이 아까시 가시처럼 쿡쿡 찌르는 오후

>
아재요, 아재요,
딱 한 잔만 더 주소
아들 먼저 저승 보낸 중만이 오빠 그날처럼

술타령도 아프게 그리운 날 있다

악몽

차마,
초점을 기억하고 싶지 않은 짐승의 눈빛이다

전혀,
계획되지 않은 무질서의 틈에서 일어난 완전범죄

어쩌면,
처음부터 브레이크는 존재하지 않았는지도 몰라

안 돼, 안 돼
비명은 안으로만 치는 메아리
불구가 될 수밖에 없다는 아들의 눈동자는 점점 사시로
틀어지고
감아도 감기지 않아 신경이 아직 살아 있다는 동공이 자
꾸 이지러진다

모처럼 행사였습니다.
축구공에 맞은 것 같은데……
진단서가 있어야 치료 휴가가 가능합니다만,

>

사지가 떨리는 두려움 꽁꽁 여미고

어제와 오늘

그 모호한 경계선을 넘어

피와 살이 일용할 양식을 얻으러

여전히

출근, 출근을 한다

토

배알 밑으로

스멀스멀 기어 다니던 그것

목울대 너머 거기쯤에서 덜컥 걸렸다

몇 년째 벼르고 있던

죽기 살기로 눌러 두었던 분노의 뿌리

서서 먹던 노량진 컵밥, 잔치국수가 한꺼번에 울컥, 울

컥 넘어올 것 같아

과목별 특강에 붙은 프리미엄 강의료를 비웃듯

내 노동의 가치에는 덤핑이 붙어

자정 넘어

비틀거리는 보름달을 끼고 묵묵히 걸었을 뿐이다

그저 일을 하고 싶었다 삼시 세끼 밥을 삼키고 싶었다

덜컥, 걸린 그것

금방이라도 넘어올 것 같은데

덩어리가 너무 커 가슴이 미어진다

각오를 비웃듯 또

'불 합 격!'

광화문에 걸린 저 깃발이라도 삼켜야 하나

고개를 뒤로 젖히고

달을 툭툭 차며

몇 바퀴를 돌고도 모자라
쭈그리고 앉는다
웅크려 본다
질질 흘러내리는 침
왈칵,
콧물이 엮어 내는 실타래
들썩거린다
우웩!

아스팔트 위로 쏟아 내는 청춘

펄럭이는 꽃

지칠 줄 모르고 매달려 피는 꽃
몇 년째 펄럭이는 현수막

'실종된 송혜희 좀 찾아 주세요'

제발,
아버지의 좌절 앞에 질 수 없는 꽃
호떡 몇 개를 더 구워야 딸을 만날 수 있을지

찾을 수 있을 거야
먼저 간 아내를 생각하다
눈물 바람에 다시 한 번 울컥거리는 저 꽃

간절해서 매일 피어나는
바람에 뿌리 내렸기에 펄럭여야 사는
그 꽃을 기억하는 이 어디 없을까

경부선 상행선 안성휴게소
끊임없이 뿌려지는 전단지 속
연거푸 구겨지는 얼굴을 본다

\>

제발,

들썩이며 하염없이 우는 꽃

거리가 삼켜 버린 풀꽃

'사랑하는 내 딸 좀 찾아 주세요'

피카디리극장 지나 파고다공원에는

파고다공원으로
날마다 출근하는 박카스 아줌마

까만 크로스 백의 굴레, 박카스 몇 병에 짙은 화장
잔술집 의자에 앉은 할아버지들 사이를 비집고
일찌감치 출근을 한다

몸 아픈 아들놈 때문에라도 벌어야 살지
일흔 다 된 나이에 왜 몸 품 팔아 밥벌이하냐고 묻지 마
무릎에 점점이 박힌 뜸 자국에
거지꼴로 굶어 죽을 수는 없잖아
줄줄이 달려 나온 약봉지가 모두 변명은 아니야

여기서,
비아그라도 팔고 그렇게 만 원도 벌고 이만 원도 벌고 그래
이거 흉이라고 생각하지 마
여기 앉아 있다 보면 사는 게 별거 없다
인생 이래 살다 가는가 보다 싶어

그렁그렁한 눈물 한소끔 햇살에 히뜩 내비친다

피카디리극장 지나 파고다공원에는

여전히 늙은 은행나무가 있다

울다

물컹거리는 이것은 껍질이 없어

문득,

손끝으로 흘러내리는

비릿한 생선의 내장처럼

진득한 불쾌감으로 다가와

왈칵 토악질을 부르다가

비수가 되어 난도질을 서슴지 않다가

이내 몸속을 훑어 가는

뻑뻑한 그물처럼

심해의 바다까지 더듬어 할퀴며

>

티끌 하나로도 분수처럼 끓어오르다

천천히 굳어지며

나를 만드는

이것,

불의 구멍이다

술의 독백(毒)

흔적도 없이 사라지고 싶진 않아

누룩의 형체를 기억하는 내가
녹아내려야 했던 아픔을 어떻게 잊겠어
누구라도 쓰러뜨려야 한다는 사명감으로
서서히 부풀어 오르는
발효의 순간
초를 다투며 달라지는 나의 감성
순간을 놓치면
맛이 달라진다는 걸 기억해야지
맑은 청주의 단계에서 고고한 학이 되든가
텁텁한 막걸리로 사발째 먹히든가

거리로 내몰려 발길질당한 서러움은 서러움 아니지
이기지도 못하면서 덤벼든 당신의 객기
속옷 바람으로 거리에 퍼드러진 순간에야
벌겋게 쏟아 내던 잘못 배운 습성
차가운 바닥,
방치된 거죽 위로
굿판 퍼~런 징 소리 날아다니지

＞
혼자 무너지긴 싫어
화려한 조명 아래, 어두운 지하실 어디에서
서서히 무너지고 있을 당신 곁에 있을 거야
이제야 안 거야?
내 마지막 카드는 가면을 벗는다는 걸
승리의 나팔 소리는
때와 장소를 가리지 않는다는 걸

휘감치기

가위질을 한다
스웨터 자락에 대고 서걱서걱
한꺼번에 쏟아지는 씨줄 날줄의 방향성
잘린 단면의 정렬이 서늘하다

촘촘하게 얽힌 색깔 속,
각자의 방향이 이렇게 달랐다니
꿰어진 한 벌 옷일 때는 보이지 않던 그것들
풀어진 올마다 보이는 너덜거리는 속내

꼼꼼하게 휘감아 쳐야 갈무리가 된다는데
집 나간 아비는
어느 골목을 헤매고 있는지
보은에서 의왕 병원으로 옮기고는 면회도 뜸했다
그 안에서도 자기 세상에 갇혀 있다는 전화만 받았지
여전히
세상 속으로 엮여 나오지 못하고
연거푸 흘러내리는 정신줄

어쩌란 말이야,

열 살이던 큰애가 군대를 가고
둘째가 대학을 갔는데도
아비의 숲에서는 혼잣말만 공중누각을 세우고 또 허문다
단단히 징거매야 풀리지 않는다는데,
스웨터 자락을 옹동그리고 또 시침질을 한다

차마,
잘라 버리지 못하고
흩어지는 마음 휘감치기를 한다

기억을 빠는 시간

묵은 욕망이 끓어오르는
속이 빈 거품은 꺼져야 돼

공생에 합의한 내 사생활을 쥐어짜고 싶었어
맥주잔 거품으로 탈수되던 밤이었던가
백두 번째 다짐이 표백되던 시점이었던가

되돌이표가 회오리치는
과거, 흔적들을 빨아 버릴 수도 있나
돌려 짤수록 표정은 더 일그러졌어

비틀린 옆구리 사이사이 틈과 틈을 비집고
거품은 피어나고 삼키고 죽었다 살아났다
밟으면 밟을수록 웅크리는 몸뚱이

때 묻지 않으려면
뜨겁게 삶기거나
일방적인 질문에 정답만 말해야 했어

과속의 경계에서

여전히 거품을 토하는 메아리에 대고

오늘을 빤다

소파의 진술

잠시 기절한 것 같은데 나는 거죽만 남았어요

사바나에서 잃어버린 네 다리,
발정 난 혀가
촘촘하게 꿰매진 거죽의 구멍에서 풀을 찾나 봐요
어쩌다 떨어지는 축축한 가습기 물방울에서도 바람 냄
새가 나잖아요
입은 꿰매지고 말은 막혔어요
혼자서 웅얼거리는 울음은 아무도 듣지 못해요
사라진 초원에 머물러 푹푹 삭아지고 헐떡거리는 짐승
의 말
어디로 달려야 할까요
거실 속,
훤한 대낮에도 달리지 못하는 저 사내
삼십 년 근속패에 성대를 저당 잡혔나 봐요
간혹,
꿈속에서
한물간 말과 짖어대는 말이 뒤엉키곤 해요
잘나가던 옛날이 병풍처럼 든든할 때가 있었어요
와글거리는 텔레비전 속 말은 켜 둔 채

가족들이 출근을 해요
사내는 혼자 남아 거실 소파에다 구멍을 뚫어요
구멍에 대고 말을 불어요
구멍 속에서 물소가 부는 비명 소리를 들었을까요

아무도 듣지 못하는 둘만의 아우성
구멍 속에서만 발광하는 비밀

C

오늘 하루를 거꾸로 엎어 버리고 싶다

걸쭉하게 쏟아지는 내장을
내리천에 대고
슬렁슬렁 씻어 버리고 싶다

오늘에 끌려다니며 뒤엉킨 수모
거무죽죽하게 변색된 자존심
걷고 있어도 멈춘 것 같고
달리고 있어도 밀린 것 같은
쫓아오는 이 불안을 털어 버리고 싶다

텔레비전 화면 속 저 여자
켈리백,
퍼스트 클래스가 어울릴 것 같은
왼팔의 완장 같은
저 품위

인생은 B와 D 사이의 C라고 한 그에게 물어봐도 될까
C에 지친 내가

D로 직립보행해 갈 수나 있을까

무게중심이 위로 치솟을수록 오늘은 휘청거린다

주말 전야

궁합도 궁합 나름 이보다 더 맞을까
곡주 한 잔 목 넘김에 얼쑤 한 번 감탄사
밀어 넣은 지짐이의 자지러지는 추임새

건너편 저 사내도 힐끗 한번 훑어보니
노을 핀 무릉도원 이미 들어앉았구나
어허라 봄꽃 핀다 화들짝 급해지니

한 잔이 불러오는 또 한 잔의 더한 낯빛
불콰한 흥에 겨워 지화자 좋을시고
두 잔의 파고 위로 힘든 오늘 날아간다

제4부

날개의 질량

아무도 없는 방 안에 그가 있다

침묵이 길어지자 먼지가 날았다 어둠 속 티끌은 언제고 혼자였다 외로움은 과거를 불러 술병과 동침한다 호접몽 호접몽 오줌 싼 바지가 축축해졌다 꿈으로 끝나 버린 오늘은 언제나 심심했다 실패의 흔적에선 주근깨가 자라나고 부끄러움은 강장제를 먹고 그네를 탔다 그림자가 어른거리고 문틈으로 이어지는 햇살은 한 줄기뿐이었다 희망이 빼곡하게 채워지다 무지개로 흩어졌다 혼자 있는 시간이 길어질수록 나비는 틈틈이 나락으로 추락했다 현실은 언제나 쌓인 날개들의 몫이었다 예약된 절망은 날개를 하나씩 하나씩 떼어 내고 연거푸 호접몽 호접몽

떼어 낸 날개는 그것으로 충분했다

날름거리거나 출렁거리는

허공중에 기회를 노린다
틈을 비틀어
사냥을 즐기는 매의 눈처럼

떠다니는 갈증에 지친 말 말 말
가벼워 놓치기 쉬운 행간의 쉼표까지
덜컥 잡아채는

하나도 놓칠 수 없어
늘
축축하게 젖어 있는 욕구불만

벌겋게 상기된 채
어둠의 자락에 휘감겼어도
결코 긴장을 놓치지 않아

채워지지 않았을 때 더 도드라지는
마른침을 삼키거나 입술을 빠는 습관
날름거리거나 출렁거리는 세 치 그것의 충족을 위해

\>

말려들길 거부하는 단어들의 반란
의미 없는 노림수 따위 아랑곳하지 않아
백태의 행간마다 미뢰를 뿌려 놓고

치뜬 눈
밖으로만 향해 있다
날렵한 세 치 혀의 끝

꿈틀대는

살아 있는 낙지를 냄비에 넣고 불을 붙였다

무거운 유리 뚜껑을 치밀고 다리 몇 개 뻗어댄다

마지막 힘을 쥐어짜는 빨판 위로 뚜껑 더 세게 짓눌렸다

여전히 꿈틀거리는
펄에서 태어나 불판 위로 끌려 나와
영락없이 항복해야 하는
정리해고,

협상도 없이 찍어 누르는 힘에
대책 없이 당해야 하니
꿈틀거릴 수밖에

펄 냄새 흥건히 토해 놓고
고추장 양념 범벅이 된 채 뜨겁게 볶여 간다

눈시울 벌게지도록
꿈틀거리는 자존심

꾹,

꾹,

씹고 있다

미궁 속에서

앞만 보고 달리다
바늘구멍만 한 그 구멍에 초점을 맞추고
대가리를 들이미는 그 순간
탕!

몇백 대 일의 경쟁을 뚫고 마지막 찬스에 길을 잃다니,
잠시 천국이라는 착각에 빠지고 말았다
가슴팍 타고 뜨거운 피 줄줄 새어 나가는 줄 모르고

첨탑의 끝에 오른 별들은 반짝일 뿐 말이 없고
높아져 갈 연봉과 기대에 찬 눈빛들의 끝없는 유혹
여기는 나의 꿈속 유토피아
벗어날 수 없는 올가미에 걸리고 말았다

서서히 뜯어 먹힐 고깃덩이를 위해
뽀얗게 덧씌운 스펙의 화장술
분업에 최적화된 지식 덩어리 전두엽 주름마다 촘촘하
게 채우고
저벅저벅!

>
A+의 학점과 별에 대한 동경과
나의 유토피아에서 서서히 사라져 갈 꽃들에게 줄
거품 같은 희망이 단단히 다져진,
숱한 그들의 꿈이 보석처럼 박혀 풍화작용을 일으키는
아피아 가도(Via Appia)*

첨탑 꼭대기에서 묵비권을 당당히 행사할 줄 아는
핏발 선 마부작침磨斧作針**의 깃발을 펄럭이며
죽음으로써 전설처럼 전해지고 있는 미궁 속으로 들어
간 자
그는 나의 아버지고 내 할아버지고
또 다른 미확인 생물체
그들의 암호를 해독 중이다

* 아피아 가도(Via Appia): 고대 로마에서 가장 먼저 만들어진 도로.
** 마부작침: 도끼를 갈아 바늘을 만든다는 뜻. 아무리 힘든 일이라도
  꾸준히 노력하면 이룰 수 있다는 의미의 한자 성어.

모라토리엄 증후군*

발톱을 깎는다
벼랑이 깎아 놓은 외길을 걷다가
문득 매의 눈과 마주친 섬뜩한 순간
푹 수그러진 고개를 흔들며
알전구 하나 겨우 명맥을 유지하고 있는
식탁 언저리에서 양말을 벗고

발톱을 자른다
발톱이 있는지 없는지 가끔 더듬어 확인해 보다가
서서히 발톱이 되어 버린 나는
어디에도 소속되지 못한 채 구릿한 양말 속에서
무관심한 세상에 떠밀려 백수로 버티다
서서히 끌려들어 간 발톱의 모라토리엄기(期)

자라기를 기다리다 영락없이 잘리는 사슴의 뿔은
잘려 나가면서도 비명 한 번 지르지 못하고
또 자라야 한다
왜냐고 물어볼 기회를 주지 않아
그저 잘려 나가려고 자란다

>

어떤 것을 선택할 수도 없는 길

멈춘 듯 보여도 흐르고 있는 물밑 치열한 전쟁을

퍼렇게 멍 들면서도 버텨 낸 물속 이끼들이 알고 있다

이끼 낀 발톱

시퍼런 멍울 닦아 내지 못하고

잘려 나간 발톱들의 무덤을 본다

이유 없는 무덤의 항변을 듣다가

균형 따위 아랑곳하지 않고

멀뚱멀뚱한 알전구 하나 건들거리는 식탁 언저리

구릿한 양말 속에서 아우성치다가

* 모라토리엄 증후군: '유예, 정체된'이라는 뜻을 가진 경제학 용어에
  서 파생되었다. 사회인으로서 지적, 육체적 능력이 충분하지만 사회
  에 나가지 않고 책임을 기피하는 증세.

씹어야 제맛

깻잎 두 장에
지글지글 몸부림치는 삼겹살을 눕히고
갓 구운 마늘 한 조각
청양고추 맵짠 몸 살짝 끼워 넣으면
조준 완료!
자,
알코올 소독 들어갑니다
시원하게 한번 떠들어 보지도 못한 그 짠한 혓바닥
더 이상 헛물만 켜지 말고 오늘 한번 제대로 호강하도록
원 없이 닦아드립니다

특별한 기준 없이
소리가 나면 나는 대로 밀리면 밀리는 대로
오도독오도독 씹어 보세요
삼겹살에 청양고추 씹듯
불 내 나는 고깃살 씹어대듯 잘근잘근,
세상사 씹어야 제맛

 김 부장 치뜬 눈꼬리
 박 과장 성질머리

겹겹으로 찍어 누르는 갑질에
허구한 날 되돌아오는 제안서까지
한 방에,
화끈하게,
날려드립니다

빵

나는 누구를 위하여 가판대에 누워 있는가

붉은 조명에 몸을 맡기고
기다릴 줄 아는 덩어리
튼튼한 기초공사로 다져진 화장술
때로는,
속을 꽉 채우고
때로는,
반짝이 금가루를 뿌렸다
시뻘건 화덕 속 익어 가면서도
끝내 탈출을 꿈꾸는
부풀고 부풀다 정점에 닿으면
구멍 숭숭 뿜어대다
고꾸라지고 말 몸

선택받기 위한 몸부림으로 버틴다는 건
타들어 갈 속만 남을 일
밀어 넣으면 밀려나고
다시 밀면 대답 없고
나는

그 무엇도 선택할 수 없으니
부디 나를 선택해 주세요
덥석 한 입 물어 주세요
그러니,

나는 누구를 위하여 면접 심사를 기다리고 있는가

엠티쿼터*

폭염과 막막함을 견디며 걷고 있는 이곳은
불가항력의 공간, 모래 폭풍이 일고 있다

뿌연 절망이 눈앞을 가리면 독하게 씨앗을 뿌려야 한다
이리저리 휘둘리는 바람의 등걸에 뿌리 내리는 일 무리
수가 있겠지만

육 남매 밥상머리에 앉힌 채 각혈을 해야 했던
아버지 벌건 눈시울 속에서도 뿌리 내려졌던 그 씨앗

구역질을 하면서도 씹어 삼켜야 한다
비릿한 태반의 질정거림 같은
한 치 앞을 알 수 없는 막막한 두려움

의욕이 현실을 이겨 낼 수 없을 때
열정은 무의미해지는 것
터진 물집 사이로 이미 두 개의 발톱이 빠졌다

모래바람 숨 막히는 공격에도 주저 없이 걸어가야 한다
바람의 이삭마다 풀어야 할 문제는 다시 돋아나고

갈라진 대지, 숨은 오아시스, 그 신기루의 물을 핥으며 걷는

지상에서 가장 광활한
내가 걸어가야 할 매서운 모래 바다
끝을 알 수 없는 나의 엠티쿼터,

오늘도 나는 걷고 있다

* 엠티쿼터(Empty Quarter) : 단일 규모의 모래사막으로는 세계 최대인 아라
  비아사막의 가장 깊숙한 곳, 인간의 손길이 미치지 않은 불모지인 이
  곳은 '빈 공간'이란 뜻의 엠티쿼터로 불린다.

애완 돌 사육 가이드

처음,

박스에서 나와 흥분 현상을 보인다면 오래된 신문지 위에 올려놓아라!

돌은 스스로 알아서 진정할 것이다

하지만,

그 이유에 대해선 별다른 설명을 생략하겠다 오히려 경외심을 자극할 수도 있기 때문이다

이 돌은 순수 혈통이며 조상은 피라미드, 만리장성, 백두대간 등등을 거쳐 왔다

오로지 배움에 대한 탄탄한 수용 능력과 완전 복종을 보여 준 것만이 애완용 돌이 될 수 있다

나아가 기능 평가에 앞서 선천적 결함이 있는지에 대한 정밀한 검사를 끝낸 후 판매된다는 점을 강조한다(토익 점수에 대한 가산점은 적용되지 않음)

이미 세상에는 버려지고 쓸모없는 돌들로 꽉 차 있고 매년 수백만 개의 돌은 파기되어야 한다 이런 불행한 돌들은 노상을 전전하거나, 혹은 매립지로 가 순장되거나 시멘트

에 버무려져 건물의 부속물로 남는 등 각각 운명의 형식에 따라야 하는데

  당신의 애완용 돌만큼은 끔찍한 우울증에 걸리는 일이 없도록 해 달라(이 세상에 사물로 태어난 원죄를 물을 권리는 아무에게도 없다)

  당신이 당신의 애완용 돌에게 끊임없이 자신감을 심어 준다면 그 돌도 똑같이 기대감을 갖게 해 줄 것이다 예를 들면 돌이 혼자서 걸어갈 수도 있을 거라는 등, 스스로 돈을 벌 수도 있을 거라는 등등

  상품 특징: 밥을 줄 필요도 없고 안아 주지 않아도 되고 산책을 따로 나가지 않아도 되는 완벽한 애완 돌, 포기의 정점에서는 최고의 선물이 될 수 있다

  첨부파일: 애완 돌을 사랑한다는 동의서 또는 혈통 증명서 각 1부씩

유리 벽 너머로

비릿한 꿈들이 퇴적되고 있는
저 차갑고 투명한 공간을 나는 수족관이라 부른다

사흘이면 사라지고 또 엮여 오는 식구들, 5월 들꽃처럼
다음 꽃들을 불러들이고 장렬히 피 토하거나 얇게 저민 횟
감이 되어 빨간 립스틱이 우물거리는 레테강 너머로 널름
널름 삼켜진다 가시는 한 번도 가져 본 적 없는 듯, 도마 밑
에 벗어 놓은 채

영역 너머 꿈을 좇아
사랑을 찾아 헤매는
양어장 물고기 끓어오르는 갈증이 부글거린다

탈출은 파도를 거스르는 일, 살기 위해 죽은 척 해 보는
연습을 한다 날마다 퇴출당하는 악몽에 시달리다 양쪽 옆
구리 포를 뜨인 채, 대가리 뼈다귀만 남기고 그들이 넘어간
벽, 먹고 먹히는 세상을 뻐끔뻐끔 먹는다 꺾인 지느러미 헐
떡거리다 뜰채가 들어서면 또 한 번 출렁거리는 불안, 아귀
같은 식욕, 예리한 날에 도리질당하는 두려움에 몸서리쳐
도, 꿈쩍하지 않는 저 유리 벽 너머로

>
닿을 듯 말 듯
훤히 보이는, 바다

수건을 던질 시간

삐딱하게 기운 햇살을 베고 남자가 코를 곤다

버거운 무게 들어 올리다 더디게 멈추는 숨소리
또 한 번 소용돌이치는 고달픈 오늘을 푹, 푹 삶아 내
고 있다

크게 한 방 날리려다 제대로 얻어맞은 펀치
미동도 없는 바윗돌 쳐대는 안타까운 잽으론 어림도 없어

사각지대가 따로 없는 사각의 링에 갇혀
잽 잽 스트레이트, 레프트 훅에 어퍼컷
여지없이 날아드는 펀치, 펀치, 펀치에 억~ 하고 뻗어
버린 그로기 상태

텐, 나인, 에잇, 세븐
초를 놓치지 않는 카운트다운
웅성거리는 시선 밖으로 터져 나오는 숨소리
바람이 솟구친다
파이브, 포,
와~~,

>

성난 황소가 덮친다
내가 죽어야 그가 산다니
기어이 피를 보고서야
벌겋게 휘날리는 아우성

지금은 수건을 던질 시간

쓰리

투

원……,

주꾸미

심장, 아직도 살아 펄떡거리는데
팔다리 난도질당해 불판 위로 던져진다

온몸을 파고드는 화려한 스펙들
3 대 7로 섞인 고추장과 고춧가루의 황금 비율
맛객의 입 밖으로 흩뿌려질 레벨 세븐*의 감탄사를 위해
뜨겁게 몸부림쳐야 한다

사방으로 발버둥 쳐도 벗어날 수 없는
벌겋게 달아오른 불판, 막다른 골목이다
대답도 없는 이력서를 쉰 번째 밀어 넣어야 하는
더 이상 쓸 말도 지어낼 말도 찾아내지 못해
신물처럼 터져 오르는 청양고추의 뜨거운 맛
생채기 아리게 볶아칠 땐 항복할 수밖에

꿈틀거릴 때마다
뚝 뚝, 잘려 나가는 자존심
약발도 없는 학위에 들이대는 무모한 칼날
서툰 입질에 흥건히 고이기 시작하는 먹물의 절규

>
뭉텅뭉텅 뜯어 던진 생미나리 한 움큼의 위로
눈이 시뻘겋게 익으며
고스란히 뿜어내는 주꾸미의 매운 삶
씹으면 씹을수록 되살아날 비릿한 스펙의 실체
되새김질로 범벅이 된 쉰한 번째 자소서**를 쓰고
앞접시마다 오그라든 자존심, 줄 지어 배달이 된다

* 레벨 세븐: 토익 스피킹 테스트 레벨 단계의 하나로 1~8단계 중 7
  단계.
** 자소서: 입사 지원을 위한 자기소개서.

납작,

낙엽 한 장,
앞 유리 와이퍼에 끼어 악을 쓴다

고단이 줄줄이 박힌 껍데기로 남아
휘청거렸다
속도는 점점 빨라졌다

정년이 따로 있나
하루아침에도 후드득 떨어뜨리는
서슬 퍼런 바람,
사계절 뚜렷한 온대기후는 옛말이지

고개를 뒤로 젖히고
제 무게 방향으로 버텨 보려 하지만
수분기 잃은 나이 탓에 점점 널브러지는 이파리

달리자,
차라리 같이 달리자
어쩌다 떨어져 박힌 이곳이
나의 생, 그 마지막 순간이라면

\>

바람의 방향으로
엎어지고 자빠지며 함께 달릴 수밖에
바람 너에게 나를 싣고
납작, 엎드리기로 한다

함께 달리기로 한다

아직도 살아 있단 말이오
—오리 집단 폐사장에서

출근길 전철 우리로 몰려
꽥 꽥—
살처분되는 자존심 따위는 절대 안 들리지
두 귀 꽉 막은 이어폰 밖으로 쏘아대는
최후의 진술

진입로마다 뿌옇게 살포되는 경쟁 바이러스,
줄 세우기의 내성
매몰 처리는 악취만 부를 뿐
점점 더 강력한 백신이 필요하단 말이오

숨 막혀 발버둥 치는 눈 시퍼런 피해자들
자루 속으로 구겨 넣은 자
허연 마스크 눈 밑까지 가리고
비닐하우스 너머 곡소리 들으며
집단 순장에 가담한 자

모자이크 처리된 얼굴 없는 범인, 그들을 소환하라
깃발 펄럭이는 대로 기수를 돌렸을 뿐
어제와 다를 바 없는

철새의 오늘에 대고 죄를 묻지 말기를

차라리 의식불명을 원하오
구더기 득실대기 전
불안에 치뜬 노여움 먼저 감겨 주란 말이오
꾸역꾸역 역류하는 시커먼 내 유언을 들어 주시오

우리는 아직도 살아 있단 말이오

커트

미련이 없습니다
그냥 잘라 주세요

그것이 마음이라 해도 좋아요
당신의 기준으로 잘라 주세요

무게만큼의 가속도로
차가운 바닥에 널브러지면
잃어버린 체온을 확인할 수 있겠지요

오히려 가볍습니다
결국,
혼자여야 하는 것을

서늘한 가위질
잘려 나가는 순간
조율되지 못한 우리의 시간들 수북하게 쏟아져 내리고

툭,
당신이 떨어지는 속도는

당신도 떨어지고 싶었다는 걸
떨어지고 싶어 하는 그 무게를 알게 하는 순간입니다

떨어지는 것은 당신에게도 아픔일 것입니다
떨어지는 일이라는 건 오히려
나에겐 달콤한 슬픔입니다

눈을 감고 다시 한 번 말합니다
그냥 잘라 주세요

해　설

살아 숨 쉬는 것들에 대해 더 많은 관심과 사랑을

이승하(시인, 중앙대 교수)

　　영원히 존재하는 것은 없다. 지금 이 땅에서 살아 움직이는 모든 포유류, 곤충, 어류, 조류 등은 때가 되면 움직임이 멎는다. 식물도 마찬가지다. 심지어는 박테리아와 바이러스도 생명체이기 때문에 때가 되면 생명현상이 멎는다. 그런데 유독 인간은 욕심이 거의 무한대라서 자신의 생명도 천수를 충분히 누리리라 생각하는 경향이 있다. 그래서 재화를 모으고, 쌓고, 움켜쥐고서 살아간다. 그 과정에서 남이 입을 피해는 생각하지 않는다. 권력의 최고 정점이었던 대통령과 재화를 제일 많이 갖고 있는 삼성의 총수가 구속되는 것은 욕심을 버릴 줄 몰랐기 때문이다.

　　이 지구상에 시인이라는 별종이 산다. 그는 시대의 반항

아요 부적응자요 소외계층이다. 시를 써서 돈을 번다? 물론 버는 사람이 없지는 않다. 하지만 대한민국에서 시인이 직업이 될 수는 없다. 늘 허리띠를 졸라매고 사물의 이면을 응시하고 존재의 본질이 무얼까 숙고한다. 오죽했으면 이상국가를 꿈꾸었던 그리스의 철학자 플라톤이 시인추방론을 주장했을까. 우리가 만들어야 할 새 세상에서 시인만은 없어야 한다고 주장했던 이유는 플라톤이 시인의 창의성을 인정하지 않았기 때문이다. 그는 시인이 자연의 온갖 것을 보고 그것을 '모방'하는 존재로 간주하였다. 즉 목수나 대장장이는 자연의 것을 가져와서 새로운 물건을 만드는데 시인은 말을 얼기설기 엮어 혹세무민한다고 보았다. 서양에서 예술은 모방이었다. 화가는 붓으로, 시인은 펜으로, 음악가는 악기와 목청으로 자연을 모방한다고 보았다. 하지만 동양에서는 시에 대한 가치관이 달랐다. 공자는『시경』을 편찬해 널리 보급한 뒤에 인간의 마음을 움직이는 언어의 힘을 믿게 되어 詩三百一言以蔽之曰思無邪라고 하였다. 시 300편을 외우고 있으면 문리가 틔어 마음의 온갖 삿된 욕망을 물리칠 수 있다고 보았다.

이상남 시인은 조금 늦게 공부를 시작하여 학부와 대학원에서 문학을 연구하고 시를 창작하였다. 안성캠퍼스 평생교육원 시창작반에 등록하여 10년 세월 동안 시를 썼다. 2015년에 등단한 이후 치열하게 시를 썼고, 100편이 넘는 시 가운데 솎아 낼 것을 솎아 내고 이제 첫 시집을 내려고 한다. 그에게 시는 무슨 의미가 있을까? 한 푼도 생기지 않고

적자만 보게 하는 시라는 이 몹쓸 것, 얄궂은 것. 시인 자신
이 고향이 포항이라고 밝힌 시가 있다.

> 어머니 뵈러 들른 시골 마당에서
> 파리 한 마리 내 차에 동승했다
> 쉬지 않고 윙윙거리니
> 두고 온 어머니 쓸쓸한 모습조차
> 잠시 잊었다
>
> 식구 떠나 먼 길 오니
> 그 맘 편치 않아 떠드는 소린 줄 알면서도
> 거참,
> 그것도 인연이라고
> 마음 뿌리가 짠해진다
>
> ──「포항 촌 파리」 부분

　고향 포항에 가서 어머니를 뵙고 올라가는 길에 파리 한
마리가 차 안에서 윙윙거린다. 신경이 쓰이지만 "포항 촌 파
리"여서 잡을 생각을 하지 않고 그냥 놔둔다. 본인이 포항에
서 객지로 공부하러 갔었기에 고향 마당에서 차에 오른 파
리에 감정이입이 되었기 때문이다.

> 그 옛날,
> 자취방까지 품고 왔던

어머니 내음 이기지 못하고

벽에 기대 펑펑 울고 말았던

어린 내가 울컥거려

속리산 휴게소까지 와서야 합의를 보았다

차 문 열어 주니

어느 세상 언저린 줄도 모르고

인파 속으로 날아가는 포항 촌 파리

어차피 버텨야 할 생이니

오가며 흘리는 인심에 파묻혀

너도 한번 잘 살아 보아라

—「포항 촌 파리」 부분

　어느 시점에 포항을 떠나 더 큰 도시에 가서 공부를 하게 되었는지는 모르겠지만 "어린 내가"라고 했으므로 중학생이나 고등학생 때부터였을 것 같다. "자취방까지 품고 왔던/ 어머니 내음 이기지 못하고/ 벽에 기대 펑펑 울고 말았던/ 어린" 나는 포항 촌 아이였다. 포항에 1970년대 초에 포항종합제철 공장 건설이 시작되면서 큰 도시가 되었지만 시인이 어렸을 때에 살았던 기계면이라는 곳은 바닷가에서 꽤 떨어져 있는 시골에 지나지 않았다. 어머니와 헤어져 외로움에 울곤 했던 자신에게 연민의 정이 솟구쳐 속리산 휴게소에서 파리를 창밖으로 날려 보낸다. 잘 살아 보아라, 마음속으로 기원하면서. 고향에 대한 아련한 기억은 이런 시도 쓰게 한다.

통통 부은 얼굴로
어시장 좌판에 웅크리고 앉아
소주를 부르는 해삼의 낯빛을 본다

거무튀튀한 입술로
울컥거리는 비릿한 바다 내음

푸르뎅뎅한 슬픔 끌어안고
절텃골 모퉁이 돌아 오라버니 홀로 걸어갔다
오월 진달래 지천이라는 무덤골로

한때, 세상 바닥 청소하며
훨훨 날았을 기개 다 접어 두고
꾹꾹 씹어 삼켜질 저 해삼처럼 덤덤하게
─「해삼」 부분

전국 어느 어시장에 가도 다 있는 해삼이지만 이상남 시
인이 쓰니까 실감이 나는 것은 포항 태생의 시인이어서가
아닐까. 이 시의 화자가 부르는 중만이 오빠가 실존 인물인
지 아닌지는 알 수 없다. 그런데 제3연을 보면 뱃사람이었
던 화자의 오빠는 누군가의 무덤을 찾아간다.

쯧쯧,

술이 웬수데이

한껏 부풀어 오르던 뱃구레의 체념

살다 맞은 절망이 아까시 가시처럼 쿡쿡 찌르는 오후

아재요, 아재요,

딱 한 잔만 더 주소

아들 먼저 저승 보낸 중만이 오빠 그날처럼

—「해삼」부분

아마도 중만이 오빠라는 사람은 아들을 잃고 시름에 잠겨
허구한 날 술추렴을 하는 이가 아닌가 싶다. 간이 안 좋아질
정로도 마셔댔으니 얼마 못 가 그도 이승을 하직할 것이다.
일종의 고향 이야기라고 할 수 있는 시가 또 있다.

가슴팍 답답해서 숨구멍 뚫어 놓고

달 뜨면 달빛 불러 펄 내음 토해 봐도

눈 뜨면 짜디짠 세상 그날 같은 그 자리

선술집 들락날락 남 얘기로 쥐락펴락

떠들고 까불어 봐야 달라질 것 하나 없는

맨발에 단내 풍기는 세상 사는 이야기

알아도 모르는 척 쳇바퀴 돌려대며

호탕하게 빈 웃음 크게도 웃어 보는

저 뻘밭 들락거리는 숨소리가 진짜 꽃

—「맛조개」 전문

　시조 작품이다. 이 세상에는 바다가 일터요 갯벌이 보물
창고인 사람들이 있다. 바닷가 선술집에서 삶의 애환을 달
래는 사람들이 있는데, 이 시는 그들의 신산한 삶의 모습
을 맛조개에 빗대어 압축한 수작이다. 불가에서는 모든 인
간의 생 자체를 고해苦海라고 하였다. 우리는 흔히 삶을 세
파世波라고 하지 않는가. 고기잡이배건 상선이건 군함이건
간에 순풍만 뱃길로 불지는 않는다. 수많은 물너울을 헤치
고 나아가야지 진정한 뱃사람이 된다. 이상남 시인이 살펴
본 현세의 세파는 이런 것이다.

심장, 아직도 살아 펄떡거리는데

팔다리 난도질당해 불판 위로 던져진다

온몸을 파고드는 화려한 스펙들

3 대 7로 섞인 고추장과 고춧가루의 황금 비율

맛객의 입 밖으로 흩뿌려질 레벨 세븐의 감탄사를 위해

뜨겁게 몸부림쳐야 한다

사방으로 발버둥 쳐도 벗어날 수 없는

벌겋게 달아오른 불판, 막다른 골목이다

대답도 없는 이력서를 쉰 번째 밀어 넣어야 하는

더 이상 쓸 말도 지어낼 말도 찾아내지 못해

신물처럼 터져 오르는 청양고추의 뜨거운 맛

생채기 아리게 볶아칠 땐 항복할 수밖에

—「주꾸미」 부분

이 시는 주꾸미의 요리 과정을 묘사하고 있는 듯하지만
불판 위에 던져진 주꾸미는 레벨 세븐(토익 스피킹 테스트 레벨
단계의 하나로 1~8단계 중 7단계)에 연연해 하는 취업 준비생의
안타까운 처지를 상징하고 있다. 쉰 번의 이력서를 써도 뚫
리지 않는 취업의 문. 지금 이 땅의 허다히 많은 대학 졸업
생의 운명이기도 하다.

꿈틀거릴 때마다

뚝 뚝, 잘려 나가는 자존심

약발도 없는 학위에 들이대는 무모한 칼날

서툰 입질에 흥건히 고이기 시작하는 먹물의 절규

뭉텅뭉텅 뜯어 던진 생미나리 한 움큼의 위로

눈이 시뻘겋게 익으며

고스란히 뿜어내는 주꾸미의 매운 삶

씹으면 씹을수록 되살아날 비릿한 스펙의 실체

되새김질로 범벅이 된 쉰한 번째 자소서를 쓰고

133

앞접시마다 오그라든 자존심, 줄 지어 배달이 된다
—「주꾸미」 부분

이 시의 시어 중 하나인 '먹물'은 중의적인 뜻을 지니고 있다. 문방사우 중 하나인 먹(墨)은 문어文魚가 내뿜는데, 문어의 한자어를 보면 선비와 가장 가까운 어종임을 알 수 있다. 대학을 졸업했다고 해서 다 지식인인 것은 아니지만 그래도 공부를 할 만큼 했으니 사회에 진출해 실력 발휘를 해야 할 텐데, 그게 쉽지 않다. "씹으면 씹을수록 되살아날 비릿한 스펙의 실체"나 "되새김질로 범벅이 된 쉰한 번째 자소서"를 쓰는 이들의 비애를 이 시는 잘 살리고 있다.

「미궁 속에서」도 "몇백 대 일의 경쟁을 뚫고 마지막 찬스에 길을 잃"고 만 취준생의 비애를 다룬 작품이다. "서서히 뜯어 먹힐 고깃덩이를 위해/ 뽀얗게 덧씌운 스펙의 화장술"이 안타깝다. 같은 시의 "첨탑의 끝에 오른 별들은 반짝일 뿐 말이 없고/ 높아져 갈 연봉과 기대에 찬 눈빛들의 끝없는 유혹" 같은 구절은 지금 이 땅의 20대들이 처해 있는 절박한 상황을 여실히 드러낸 시구라고 볼 수 있다. 그러니 표창장으로 딸을 의사로 만드는 '엄마 찬스'와 대기업 KT에 교묘하게 취직시키는 '아빠 찬스'는 우리를 얼마나 허망하게 하는가. "나는 누구를 위하여 면접 심사를 기다리고 있는가"(「빵」) 하면서 한숨을 푹푹 내쉰다.

연포탕을 먹어 본 사람은 살아 있는 낙지가 뜨거운 냄비 안에서 발버둥 치는 모습을 기억할 것이다. 인간이 먹고살

겠다고 살아 있는 낙지를 살, 처분한다. 발버둥을 치는 낙지를 뚜껑으로 눌러 낙지가 밖으로 못 나오게 해야 우리 인간은 그것을 먹을 수 있다. (연포탕은 그래도 낫다. 산낙지는 꿈틀거리는 애를 이빨로 꼭꼭 씹어 먹어야 한다.) 아무튼 시인은 인간 세상의 정리해고가 얼마나 잔인한 자르기인가를 다음과 같이 적나라하게 묘사한다.

살아 있는 낙지를 냄비에 넣고 불을 붙였다

무거운 유리 뚜껑을 치밀고 다리 몇 개 뻗어댄다

마지막 힘을 쥐어짜는 빨판 위로 뚜껑 더 세게 짓눌렀다

여전히 꿈틀거리는
펄에서 태어나 불판 위로 끌려 나와
영락없이 항복해야 하는
정리해고,

협상도 없이 찍어 누르는 힘에
대책 없이 당해야 하니
꿈틀거릴 수밖에
　　　　　　　　　　　　　　—「꿈틀대는」 부분

이 땅에는 사주의 일방적인 통보에 하루아침에 실직하고

마는 가장이 얼마나 많은가. 고용보험의 혜택도 제대로 받지 못하고 하루아침에 삶의 밑바닥으로 내몰리는 정리해고자의 비참한 현실이 이와 같이 여실히 그려져 있는데, 시는 "눈시울 벌게지도록/ 꿈틀거리는 자존심/ 꾹,/ 꾹,/ 씹고 있다"로 끝난다. 시인은 아무리 뜨거워도, 죽을 만큼 아파도, 소리를 지를 수 없는 낙지나 정리해고자와 같은 운명이라고 보았다.

한편 수족관과 양어장 안의 생선들은 '퇴출'이 될까 겁내고 있는 비정규직 내지는 임시직의 불안을 상징하고 있다. 수족관 안과 양어장의 생선들은 '죽을 운명'인데, 자신의 운명을 모르지만 아주 불편한 상태로 그 안에서 괴로워하고 있을 것이다. 그놈들은 바다를 그리워하고 있을까? 아니, 그저 이 좁은 곳을 벗어나고 싶은 마음으로 계속 스트레스만 받고 있을 것이다. 수족관 안의 물고기는 "사흘이면 사라지고 또 엮여 오는 식구들, 5월 들꽃처럼 다음 꽃들을 불러들이고 장렬히 피 토하거나 얇게 저민 횟감이 되어 빨간 립스틱이 우물거리는 레테강 너머로 널름널름 삼켜진다"(유리 벽 너머로). 사람들이야 횟집으로 가서 수족관의 물고기를 보고 손가락만 가리키면 되지만 지명당한 물고기의 운명은 몸 전체 살점이 저미어지는 것이다. 양어장의 물고기는 다음과 같이 묘사된다.

탈출은 파도를 거스르는 일, 살기 위해 죽은 척 해 보는
연습을 한다 날마다 퇴출당하는 악몽에 시달리다 양쪽 옆

구리 포를 뜨인 채, 대가리 뼈다귀만 남기고 그들이 넘어간
벽, 먹고 먹히는 세상을 뻐끔뻐끔 먹는다 꺾인 지느러미 헐
떡거리다 뜰채가 들어서면 또 한 번 출렁거리는 불안, 아귀
같은 식욕, 예리한 날에 도리질당하는 두려움에 몸서리쳐
도, 꿈쩍하지 않는 저 유리 벽 너머로

　　닿을 듯 말 듯
　　훤히 보이는, 바다

　　　　　　　　　　　　—「유리벽 너머로」 부분

　자, 이것이 고해가 아니고 무엇인가. 세파가 아니고 무
엇인가. 인간이라고 해서 횟감이 되는 물고기와 신세가 크
게 다르지 않다고 이상남 시인은 생각하고 있다. 그런데 정
규직으로 근무하는 이들은 그저 천국 같은 직장에서 행복에
겨워 노래 부르며 살아가고 있는가? 결코 그렇지 않다. 그
나름의 고충이 있다. 때가 되면 모두 다 승진하는 것도 아니
고, 승진이 되었다고 해서 좋아할 일도 아니다. 임원이 되
면 오히려 언제까지 그 직을 유지할지, 고민하게 된다. 아
래 예시하는 시는 퇴근 후 삼겹살을 구워 먹으며 상사를 씹
는 기업체 말단 직원의 비애를 다루고 있다.

　　특별한 기준 없이
　　소리가 나면 나는 대로 밀리면 밀리는 대로
　　오도독오도독 씹어 보세요

삼겹살에 청양고추 씹듯

불 내 나는 고깃살 씹어대듯 잘근잘근,

세상사 씹어야 제맛

김 부장 치뜬 눈꼬리

박 과장 성질머리

겹겹으로 찍어 누르는 갑질에

허구한 날 되돌아오는 제안서까지

한 방에,

화끈하게,

날려드립니다

—「씹어야 제맛」 부분

이 시에 공감하는 샐러리맨이 한두 명이 아닐 것이다. 좋은 아이디어가 있으면 내 보라고 하고선 내면 퇴짜를 놓으니 상사가 얼마나 미울 것인가. 회사 근처에 왜 고깃집이 많은지, 왜 다른 무엇보다도 삼겹살이 잘 나가는지 알 듯도 하다. "겹겹으로 찍어 누르는 갑질"에 화난 말단이 할 수 있는 화풀이는 바로 고기와 상사를 동시에 씹는 것이다. "두 잔의 파고 위로 힘든 오늘 날아간다"로 끝나는 「주말 전야」나 "아스팔트 위로 쏟아 내는 청춘"으로 끝나는 「토」도 역시 샐러리맨들의 애환을 다루고 있다. "정년이 따로 있나/ 하루 아침에도 후드득 떨어뜨리는/ 서슬 퍼런 바람"(「납작,」)은 바로 정리해고의 바람이며 실업 사태의 바람이며 냉엄한 현

실의 바람이다. 현실의 풍파가 참으로 모질고 끈질기다.

경기도 평택에서 살던 송혜희라는 여학생이 1999년에 실종되었으니 실종된 지가 어언 20년이 넘었다. 아버지가 평택과 안성 일대는 물론이거니와 지방 곳곳을 다니며 딸을 찾는 전단지를 벽에 붙이고 플래카드를 만들어 걸고 있다. 정말 눈물겹도록 감동적으로 아버지가 딸을 찾아다니고 있다. 시인은 그 과정을 「펄럭이는 꽃」이란 시에서 그리고 있다. 그만큼 시인은 타인의 고통, 불운, 전락 등에 대해 많은 관심을 갖고 있다. 파고다공원에서 박카스를 팔면서 자기 몸도 파는 일흔 다 된 할머니도 관심의 대상이 된다.

> 몸 아픈 아들놈 때문에라도 벌어야 살지
> 일흔 다 된 나이에 왜 몸 품 팔아 밥벌이하냐고 묻지 마
> 무릎에 점점이 박힌 뜸 자국에
> 거지꼴로 굶어 죽을 수는 없잖아
> 줄줄이 달려 나온 약봉지가 모두 변명은 아니야
>
> 여기서,
> 비아그라도 팔고 그렇게 만 원도 벌고 이만 원도 벌고 그래
> 이거 흉이라고 생각하지 마
> 여기 앉아 있다 보면 사는 게 별거 없다
> 인생 이래 살다 가는가 보다 싶어
> ──「피카디리극장 지나 파고다공원에는」 부분

아마도 코로나 사태 이후로는 파고다공원 일대의 풍경도 많이 바뀌었을 것이다. 이 시를 보니 노년의 성性이라고 해서, 또 일흔 할머니의 매춘이라고 하여 무조건 비난해서는 안 되겠구나 하는 생각이 든다. 삶이라는 세파에서 몸이 일엽편주일 때는 어떻게 할 것인가. 그 몸에 돛을 올려 파도를 넘어가야 하지 않겠는가. 인생이라는 고해에는 태풍도 자주 온다. 지난번 태풍보다 더 큰 태풍이 금방 오는 경우가 얼마나 많은가. 이 시집에는 이와 같이 우리 사회에서 힘들게 살아가는 여러 부류의 사람들이 등장한다. 그들은 생존을 위해 발버둥을 치고 있다. 다음 시는 시인 자신의 경우인 듯하다.

꼼꼼하게 휘감아 쳐야 갈무리가 된다는데
집 나간 아비는
어느 골목을 헤매고 있는지
보은에서 의왕 병원으로 옮기고는 면회도 뜸했다
그 안에서도 자기 세상에 갇혀 있다는 전화만 받았지
여전히
세상 속으로 엮여 나오지 못하고
연거푸 흘러내리는 정신줄

어쩌란 말이야,
열 살이던 큰애가 군대를 가고
둘째가 대학을 갔는데도

아비의 숲에서는 혼잣말만 공중누각을 세우고 또 허문다
단단히 징거매야 풀리지 않는다는데,
스웨터 자락을 옹동그리고 또 시침질을 한다
　　　　　　　　　　　　　　　　　—「휘감치기」부분

　집 나간 아비가 누구냐고 시인에게 물어보지 않았다. 집
안 사정을 곧이곧대로 쓰지는 않은 것 같지만 시인 본인 또
한 몇 번 어려운 고비가 있었다고 바로 이 시에서 암시한 것
으로 이해했다. 프랑스의 상징파 시인 아르튀르 랭보가 "상
처 없는 영혼이 어디 있으리오"라고 말했는데, 불변의 진
리다. 아무리 복을 많이 받은 사람 같아도 들여다보면 감
추고 싶은 흉터가 있는 법이다. 아래의 시도 남 얘기가 아
닌 듯하다.

우수수 흩날리는 벚꽃 잎에 어른거리던 눈물이 깨졌다
'가능성이 희박합니다' 의사의 말이 독하게 달라붙었다
머리카락이 가려도 핏빛은 사라지지 않아
　　　　　　　　　　　　　　　　　—「거머리」부분

　이 시는 앞 절반은 거머리의 생태에 대한 묘사에 치우쳐
있는데 인용한 제6연과 마지막 제10연 "병원에 두고 올 수
없는 현실이 우글거린다"를 보면 요양병원에 가서 누군가를
면회하고 와서는 다시 현실에 뛰어드는 자신의 모습이 투영
되어 있는 듯하다. 아픈 사람은 아파서 할 수가 없지만 성

한 사람은 또 일터로 나가 돈을 벌어야 한다. 「풀 죽은 신발」에서는 '내 아비'라고 아예 적시摘示하고 있다.

> 차가운 바닥으로 내몰렸어도
> 밤마다 비탈진 보금자리 찾아들어
> 여리고 노란 주둥이마다 희망 한 숟갈씩 퍼 먹이곤
> 꿍~ 하며 새벽 기차 바닥으로 올라앉았겠다
>
> 기차가 쿨럭거릴 때마다 가는 목 맥없이 덜렁거린다
> 어느 꿈속 역류하는지 눈 밑 움찔거리며
> 좌석도 없이 쪽잠에 의지해 온 내 아비처럼
>
> 풀 죽은 신발 한 켤레 한뎃잠 자고 있다
> ─「풀 죽은 신발」 부분

"육 남매 올망졸망 매달려 있다"(「서쪽으로 흐른다」)는 시구로 보아 시인의 형제가 6명이었으리라 짐작해 본다. 그 6명의 자식을 두고 새벽에 기차를 탔던 '내 아비'는 어느 시점부터 풀이 죽어 버렸다. 일터에서 쫓겨났기 때문인지 스스로 그만뒀기 때문인지는 알 수 없다. 아아, 풀 죽은 남자가 어디 한둘인가. "좌석도 없이 쪽잠에 의지해 온 내 아비"였으니 그 아비의 곤궁한 사정이 있었을 것이다. 시인 자신의 아비가 아니라고 할지라도 그 시절을 산 많은 자식들의 아비의 모습이다.

이 시집에서 희망의 찬가를 듣는 일은 거의 불가능하다. 시인은 우리 사회의 모순점을 직설적으로 비판하지는 않는다. 하지만 포항 출신 시인답게 어류의 세계를 끌고 와서 인간 세상을 풍자적으로 그린다. 풍자는 우회적인 공격이다. 자기 내면의 정서를 다루기보다는 사회라는 넓은 공간을 배경으로 하여 날카로운 비판의 칼을 숨어서 휘두르는 길을 택하였다. 민중시의 시대는 갔다고들 하는데, 이상남의 시를 보니 '민중'이 주인이 되는 세상은 오지 않았다. 오지 않을지도 모른다. 하지만 시인은 그 시대의 피뢰침 같은 존재이다. 당대 사회의 모순을 직시하고 위정자들을 질정叱正할 수 있는 사람이 진정한 시인이다. 이상남 시인은 달짝지근한 서정시를 쓰는 시인이 아니다. 물론 순수한 인정과 미담을 그리기도 하지만 시의 본령은 포항 앞바다의 해풍이 일으켜 세운 거친 파도 같은 것이다. 파도는 잔잔해질 수는 있지만 멈추지는 않는다. 끊임없이 해안을 때리고 부서진다. 밀려갔다가 더 힘을 내어 몰려온다. 이상남 시인은 이번에 첫 시집을 낸 것에 만족하지 않고 잠든 독자들의 머리맡에서 밤이나 낮이나 깨어 온몸으로 때리고 부서지고 또 일어설 것이다.

현대시의 중요한 특징이 모호성(ambiguity)인데, 앞으로는 모호성에 너무 의존하지 말았으면 한다. 말을 할 듯 말 듯하다가 결국 하지 않은 안 좋은 습관과 독자를 주변 사람들로 설정, 과감한 모험의 길로 나서지 못하는 조심스러움은 시인의 발목을 잡을지도 모른다. 나는 여성이니까, 나는 교사니까, 나는 어머니니까, 나는 아내니까, 하는 망설임이 시의 도처에서 느껴진다. 이런 것들을 과감히 뿌리치고 포항 촌 파리처럼 소리를 더 크게 앵앵 내지르기 바란다. 등단한 모지 『시와 사상』은 부산에서 나오는 계간지인데, 우리 시단의 대어가 되어 부산 · 경남의 시단을 빛내기를 바란다. 아니, 포항 출신 시인이 이제 막 등장했다고 큰 목소리로 알리기 바란다.